내 걱정은 내가 할게

*이 책은 작가 특유의 문체와 화법, 띄어쓰기를 살렸습니다.

내 걱정은 내가 할게

지은이 최대호
펴낸이 임상진
펴낸곳 (주)넥서스

초판 1쇄 발행 2020년 12월 21일
초판 7쇄 발행 2021년 11월 5일

출판신고 1992년 4월 3일 제311-2002-2호
10880 경기도 파주시 지목로 5 (신촌동)
Tel (02)330-5500 Fax (02)330-5555

ISBN 979-11-91209-49-5 03810

www.nexusbook.com

내 격정은 내가 할게

최대호 지음

넥서스BOOKS

오늘 어떤 하루를 보냈나요?

몸도 맘도 바쁘게 보냈는데

정신없이 버텨냈는데

그냥 걱정만 더 쌓여가는 것 같나요?

절대 그렇지 않아요

잘하고 있는 당신이기에
하지 않아도 될 걱정일 거예요

남들과 비교하지 말고
온전히 나 자신을 바라봐주세요

내 마음이 어떤지 물어봐주세요
내 기분을 인정하고 존중해주세요

걱정하지 말아요

지금까지 잘해 왔고

지금도 잘하고 있고

앞으로도 잘할 수 있을 거니까

내 삶도, 내 걱정도 다 내 것

살다보면 참 많은 것을 해내고,
이겨내며 또 배우기도 합니다.

그 과정 속에는 수많은 '나'의 모습이 있어요.
때로는 자신감 있고 때로는 작아지기도 하며
부족함을 느낄 때도, 의외의 능력을 발견하기도 합니다.

그 많은 모습 중에
없어도 되는 모습이 있는데요.
그건 걱정하는 모습입니다.

저도 걱정이 많은 사람이었어요.
작은 것부터 큰 것까지 해보기도 전에
걱정하고 스스로를 복잡하게 만들었습니다.

안 그래도 복잡한 마음에
남들의 말은 나를 두 배 세 배 혼란하게 만들었고
남들의 말 때문에 할 수 있는데도
포기하거나 겁을 먹은 날이 많았습니다.
자주, 많이 흔들리며 살았습니다.

이제는 그러지 않아요.
내 삶은 누가 뭐라 해도 내 것이고
아무도 대신해주지 않아요.
남들의 말보다는 나를 믿으세요.
걱정보다는 경험을 통해 내가 원하는 삶을
만들어야 합니다.

'걱정'은 언제나 좋지 않은 의미로만 쓰입니다.
다른 사람의 시선이나 말들 때문에
앞으로 나아가지 못하고 뒷걸음질치는 일이
일어나지 않았으면 좋겠다는 생각으로
이 책을 썼습니다.

세상 모든 것을 걱정할 수도 있지만
반대로 어떤 것도 걱정하지 않아도 됩니다.

이 책을 통해 걱정 자체를 줄여나가는 방법과
걱정을 줄이면 보이는 것들을 담았습니다.

내 걱정은 내가 할게요.
그것도 안 하면 더 좋고요.

contents

① 내맘대로 행복하게

② 넌 행복한 게 어울려

③ 나도 안 하는 내 걱정

내맘대로

행
복
하
게

그
러
기

2020년 가장 많이 한 일

거리두기

2021년 가장 많이 할 일

행복하기

우리 하고 싶은 거 다 하면서 살자

조금 돌아가면 어때 조금 늦으면 어때

조금 비효율적이면 어때 그게 뭐 어떤데

많이 행복하고 많은 걸 느끼는 삶을 살아

살면서 **필요한 자세**

1. 급하게 결정하지 않기

2. 할 수 있다고 생각하기

3. 지금부터 시작하기

한번에 바뀔 수는 없다

조금씩 바꿔나가도 괜찮다

가까이서 보면

아무런 변화가 없는 것 같지만

그 시간들이 모이면

과거보다 훨씬 행복한 사람이

되어 있다는 것을 느끼게 된다

나
부
터
나
를

꼭 많은 사람들이 나를 사랑해야

행복하다고는 말할 수 없어

언제 사라질지 모르는 관심들,

지나가면 있었는지조차 모를 행복들

그런 것에 중심을 두지 말자

가장 중요한 것은

'내가 나를 어떻게 대하고 있는가'거든

내가 나를 아끼는 것에서부터

행복한 삶은 시작하는 거야

다른 사람들의 사랑은

그다음에 오는 거고

더

남 미워할 에너지로

나를 더 사랑하기

내 삶은 아메리카노 같아

쌉쌀한데 또 견딜 만해

요즘

얼마 전까지만 해도

여름에는 뭘 하고 겨울에는 어디를 여행하고

큰 틀을 계획하면서 살아갔다면

지금은 다음 달도 계획하기가 어렵다

거창한 계획을 세우고 멀리 떠나는 것이

행복이었고 그걸 기다리며 지냈다면

이제는 하루하루 가까이 있는

작고 소중한 행복에 집중해야 하는 요즘

모르겠는데 알겠다고 했다

죄송하지 않은데 죄송하다고 했다

할 수 없는데 해보겠다고 했다

울고 싶은데 웃을 수 있게 됐다

이렇게 어른이 되나 보다

나
누
기

그런 생각이 들 때가 있어요

내 속에 있는 이야기를 남에게 하면

내 무게를 강제로 건네는 게 아닐까

듣는 사람이 부담되거나 힘들지 않을까 하는

생각이요

하지만 내 편인 사람들은 그렇지 않아요

내 마음을 들려주면 마음으로 표현으로

분명 힘이 되는 용기를 건네줄 거예요

앞으로 많이 나누기로 해요

좋은 것도, 힘든 것도

서로 나누라고 만나는 사이니까

지금처럼

그냥 계속

편안했으면 좋겠다

너무 행복한 것도

너무 우울한 것도

다 겁나는 일이라

귀
한
사
람

다정한 사람들은

기다리는 법을 잘 알고 있다

자신의 기준으로만 생각하는 게 아니라

상대방의 입장에 꼭 한 번은 서 본다

누굴 만나도 편하게 해 주는 사람,

그래서 다정한 사람이 귀한 거고

인간관계에서 편식은 필요하다

상처 받지 않고 상처 주지 않는

행복하고 편안한 삶을 위해서

선택

마음속에

불안이 있으면 불안이 자라나고

미움이 있으면 미움이 자란다

희망이 있으면 희망이,

행복이 있으면 행복이 커진다

어떤 것을 자라게 할지는

당신의 선택에 있다

대단한 삶도 없고

별로인 삶도 없다

나의 안부

나에게 가혹하지 말자

많이 달려온 사람에게 필요한 건

다음 목표지를 바라보는 게 아니라

충분한 쉼을 가지는 거니까

나에게 참으라고 하지 말자

그렇게까지 힘들면서

꼭 해내야 되는 건 아니니까

나에게 괜찮냐고 물어봐주고

괜찮지 않다면 평소보다 좀 더 많은

행복을 쥐어주자

몸도 마음도 건강해야

많은 것을 할 수 있으니까

꼭 많은 사람들이 나를 사랑해야

행복하다고는 말할 수 없어

내가 나를 아끼는 것에서부터

행복한 삶은 시작하는 거란다

어제 할 수 없던 것도

오늘은 해낼 수 있다

오늘은 새로운 날이니까

감정 소비가 무서운 건

나의 모든 마음을 쏟았던 것이

이제 와서 보면 아무것도 아닌 게

되어 버리는 경험이라서

조건

행복할 수 있는

모든 조건이 갖춰졌다고 해도

내가 나를 사랑하지 않으면

아무런 소용이 없습니다

내 안을 시끄럽게 만드는

나쁜 생각들 줄이고

단단하게 살아갈 것

진짜 배려

내가 아프면서 하는 건

배려가 아니고 희생입니다

진짜 배려는

기쁜 마음에서 나오거든요

사소한 약속을

소중히 여겨주는 것이

좋은 관계의 시작입니다

방법

낯선 사람들 중 멀리해야 하는 사람을 고르는 법은

내가 먼저 가장 정중한 태도로 사람을 대하는

것이다

낮은 자세가 아니라 정중한 자세로 대하면

보통 사람들도 같은 온도로 대해주게 된다

온도가 통하는 사람들, 낯설지만 가까워지기에

좋은 사람들이다

그러나 이 중 몇몇은 나의 정중한 태도가

자신보다 낮다고 받아들여서

오히려 내게 무례함으로 돌아오는 경우가 있는데

그런 사람들은 처음부터 멀리하면 된다

가까워질수록 감정소비를 할 수밖에 없는 사람들

나쁜 게 아니라 다른 것이고

이미 가까워졌다가 다시 멀리하는

수고를 덜 수 있는 방법이다

알
아
야

할

것

배려는 관심에서 나오고

이해는 노력에서 나온다

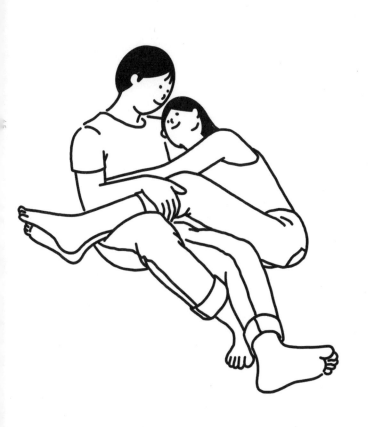

디
딤
돌

힘들었던 시간들이

사라져버리는 모래가 아니라

단단한 디딤돌로 남아서

당신의 성장에 도움이 되길

헤어진 사람 다시 만나지 마라

극히 일부는 다시 잘되기도 한다

그렇지만 그 작은 확률에 시간을 쓰기에는

네 젊음이 너무 짧고 너무나 빛난다

습관이 되면 좋은 것

1. 인사하기

2. 경청하기

3. 나를 믿기

내가 힘들다고 할 때

원인과 결과 분석하지 말고

그냥 내 편이나 들어

그런
사이

나만 놓으면 끝날 사이,

그걸 놓지 못해서

마음도 손도 많이 다쳤네

털어놓기

자신의 흉이 될 수도 있는 하소연을

털어놓는 사람들 나쁘게 보이지 않는다

말할 데가 없어서 나를 믿고

마음을 열어서 다 꺼내놓는 거니까

들어주면 풀리고 끄덕여주면 위로가 될 테니까

나에게 왜 저런 얘기를 하지가 아니라

마음껏 이야기하고 괜찮아지길 먼저 생각한다

미운
사람

나랑 안 맞는 사람, 나를 힘들게 하는 사람을
대하는 법은 이해하며 품어주는 것도 아니고
욕하며 싫어하는 것도 아니다.

'남을 싫어하는 건 좋지 않아'라는 생각 때문에
내 마음이 힘든 것은 뒤로 하고 그 사람을 최대한
이해하는 것은 좋은 방법이 아니다. 수십 년을
살아오면서 각자의 가치관이나 생활환경이 당연히
다르고 그 다른 배경이 각자의 특징을 만들어내는
것이다 보니 사람 간의 생각 차이가 발생한다. 그
차이는 나와 잘 맞고 잘 맞지 않는 사람을 정하는

기준이 된다. 그런데 그 기준을 허물고 싶어서

내가 더 양보하고 내가 달라져 보려 노력을 하기도

하는데 그 노력이 자신을 힘들게 하지 않는다면

괜찮지만, 너무 많이 해서 내 이해의 범위를

넘어가게 되면 스스로는 느낄 수 없을지 몰라도

마음이 계속 힘들어진다. 이런 시간이 길어지면

내 기준까지 모호해지고 어느새 나를 돌아보면

많이 지치게 된다.

반대로 맞지 않는다고 남을 싫어하는 것은 더 큰

에너지가 든다. 서로가 맞지 않으면 스트레스가

되는데 그 스트레스를 남에게 이야기하고

속으로 계속 나쁜 생각을 하며 그 사람을 미워하면,

내 하소연을 들어주는 사람도 나쁜 이야기만

듣게 되니 그 시간이 좋은 시간은 아니고, 나도

계속 나쁜 말을 내뿜으니 내 속이 점점 검게

변한다. 그렇게 계속 싫어하다 보면 그 사람의 말

한마디에도 날이 서고 기분이 안 좋아지게 되며

나의 정상적인 하루를 살아가는데도 큰 방해가

된다.

미운 사람을 품는 것, 싫어하는 것 둘 다 나에게

좋지가 않다. 둘 다 좋은 방법이 아니기 때문이다.

가장 좋은 방법은 거리를 두는 것이다. 아무것도
기대하지 않고 그냥 그 사람 그대로 두는 것,
나도 마음 쓰지 않고 그냥 내 하루만 살아가는
것이다. 좋아하지도 싫어하지도 않는 시간이
길어지고 부딪히지 않게 되면 그 사람에 대해
쌓여있던 나쁜 감정이 조금은 사라질 수도 있다.
그 감정이 사라졌다고 다시 가까워질 필요는 없다.
가까워지기 위해 감정을 덜어내는 것은 아니다.
나쁜 생각이 사라지면 도움이 되는 것은 그 사람과

나의 관계가 아니라 단순히 내 속이 편해지는

거니까.

나랑 처음부터 너무 잘 맞는 사람이 있듯이 안

맞는 사람이 있는 것도 당연하다. 좋아하지도

싫어하지도 않으면 내가 편해지고, 내가 편해지면

오늘을 꽤 괜찮게 보낼 수 있다.

어디에나 미운 사람은 있다. 생각하지 말고

거리두면서 내 할 일 하자. 안 그래도 할 게 많은

삶이니까.

이
제
는

위로 받고 싶었는데

더 말을 줄였고

마음을 표현하지 않았다

위로를 받고 싶었는데

위로를 받으면 됐는데

반대로만 행동했었다

위로 받고 싶은

내 마음을 무시하고

나를 더욱 아프게 했다

이제는 위로 받고 싶다

나에게 필요한 말들을 들으며

정말로 괜찮아지기로 했다

소비

안 그래도 카드값 과소비인데

감정 소비까지 할 여력이 없다

좋은 친구를 두려고

노력하지 않아도 된다

오랜 시간 내 옆에 있는

친구가 가장 좋은 친구니까

사
람
사
이

보통 세상일은

내가 잘하면 유지가 되는데

인간관계는 아무리

잘하려고 해도 쉽지가 않다

너랑 나랑

참 얄팍했나봐

이렇게 작은 일에도

무너질 사이였네

퇴근한 내 모습 보고

예쁘다고 해주는 사람

절대 놓치지 마라

그거 찐 사랑이다

작은 것들

햇볕이 유난히 좋은 날씨
나에게 딱 맛있는 커피
복잡하지만 제 시간에 오는 버스
조금은 괜찮은 하루의 기분

이런 작은 것들을 따뜻하게 바라봐주세요
이런 날들은 그냥 오는 게 아니에요

당신이 같은 것도 좋게 봐주고
긍정적인 마음으로 생각해주니까
주어지는 것이랍니다

답

마음을 정했으면

흔들리지 마라

긴 시간 생각했다면

그게 정답이 맞다

너무 답답할 때

계속 생각하는 건 도움이 안 된다

더 얽히고 복잡해지기만 한다

가벼운 웃음이 있는 시간을 가지거나

일찍 잠자리에 드는 것이 도움이 된다

그동안

내 욕심 때문에

평범한 날들을 힘들게 만들었네

행복할 수 있었는데 그러지 못했네

해 봐야 되는지 안 되는지

알 수 있거든요

넌 행복한 게

어
울
려

잘
했
어
요

이 복잡하고 바쁜 세상에서

무난하게 오늘을 보낸 것,

그것만으로도 참 잘한 겁니다

네 잘못이
아니야

기죽어 있지 마

작아지지 마

너 잘못한 거

하나도 없어

당신의
오늘

오늘도 잘 보냈습니다

어쩌면 버려냈다는 말이 더 맞겠네요

특별할 거 없이 지나간 하루가

너무 허무하다고,

너무 의미 없다고 생각하지 마세요

흔들리지 않고 버려낸 이 하루들이 모여서

당신에게 어울리는 행복을 만들어줄 것이고

지나고 보면 매일매일이

분명 필요했던 날들입니다

잘했습니다 괜찮습니다

꼭 매일이 빛나야 하는 건 아니에요

오늘이 빛나지 않았다고 해서

당신의 삶이 빛나지 않는 건 아니니까요

힘들 때
필요한 것

1. 잠

2. 친구

3. 떡볶이

전
하
고 싶은 말

걱정하지 말아요

지금까지 잘해왔고

지금도 잘하고 있고

앞으로도 잘할 수 있을 거니까

주변에도 말해보고

조언을 아무리 들어도

결정을 내리기 어려운

일이 있다면

그건 당신이 생각하는

방향이 정답입니다

넌
그
래

이 세상에는

널 사랑하는 사람들이 많아

넌 그럴만한 자격이 있고

걱정은 나중에 하고

잘한 건 잘했다고 해주고

이제는 웃어도 된다

늦지
않았어
요

지금 뭘 해야 할지 잘 모르겠다면

시간이 지나고 나중에 오늘을 떠올렸을 때

'아 그거 해볼 걸'이라고 생각이 들 만한

것을 하시면 됩니다 늦지 않았어요

살
면
서

만나고 싶은 친구를 만나고

먹고 싶은 걸 먹고

마시고 싶은 커피를 마시고

보고 싶은 영화를 보면서

울고 웃고 할 수 있는 건

당신이 지금까지 살아오면서

못한 것보다

잘한 게 훨씬 더 많기 때문입니다

맨날 너 힘들게 하는

그 사람 얘기 좀 해 봐

내가 같이 욕해줄게

따뜻한 사람들의 특징

1. 상대방의 말을 잘 들어주고

2. 얼마나 힘들었을지 공감해주고

3. 앞으론 좋을 거라고 말해준다

만나자

내 행복 너 줄게

이
제

그동안 힘들었겠다

이제

행복한 일만 생긴다

네
탓이 아니
야

너는 가끔

부정적인 생각을 할 때가 있지만

괜찮아

네가 부정적이려고 노력한 게 아니잖아

진짜 행복

내가 있고 싶은 곳에

같이 있고 싶은 사람과

머무는 것이 행복입니다

날
개

걱정 말고

훨훨 날기를

챙겨요

건강하세요

건강하면 뭐든지 할 수 있습니다

걱정은 미뤄도 된다

미루고 지내다가 나중에 보면

그건 걱정할 일도 아니었다는 걸

느끼게 되는 편안한 날이 온다

충
전

잘 살아가기 위해

쉬는 게 정말 중요합니다

충분히 쉴 시간이 있다면 좋겠지만

보통은 그렇지 못하지요

그래서 우리는 '잘' 쉬어야 합니다

쉴 수 있을 때 나를 괴롭히는

걱정을 아예 멀리 두고

내가 좋아하는 것들로만 가득가득 채워서

시간을 보내야 해요 그게 충전이니까

지
치
기
전
에

감정 소비를 많이 하면

나에게 쓸 에너지가 없어집니다

지친 나를 돌볼 힘이 없어지면

보통의 날인데도 하루가 싫어지고

작은 무게에도 버티기 어려워집니다

자꾸만 조바심이 난다

그럴수록 욕심을 눌러야 한다

잘하고 싶은 마음을 내려야 한다

조바심은 충분히 잘하고 있는

당신에게 도움이 안 된다

예
쁜
말

말을 예쁘게 하는 것은

그렇지 못한 사람과 아주 작은 차이이다

만나자마자 '오늘 예쁘네'가 아니라

'오늘도 예쁘네'라고 말하면 된다

말을 예쁘게,

같은 말도 더 듣기 좋게 하는 건

타고난 것도, 성격인 것도 아니고

얼마나 상대방을 생각하느냐가

표현으로 나오는 거니까

좋은 날은 천천히 가라

나쁜 날은 오지 말고

흐르게 두기

후회가 많이 남아서 힘든 적이 있나요

마음이 무겁고 슬픔이 크지는 않나요

먼저 위로를 보냅니다

사실 당신의 잘못이 아니에요

그게 최선이었고 그렇게밖에 할 수 없었어요

작은 후회들이 따라오는 건 당연한 거니까

지난 시간에 너무 마음을 두지 마세요

중요한 건 지금입니다

안 좋았던 건 그 시간에 두자고요

자꾸 떠올려서 지금으로 가져오지 말아요

흘러간 것은 흐르게 두는 게 맞습니다

곁

단순히 나란히 있는 건

내 '옆'이라고 하는데

내 따뜻함을 나누고 싶은 건

'곁'이라고 표현한다

내 곁을 내어주고 싶은 사람,

그런 사람과 오래오래 곁에 있길

빛

밝은 사람은 어디 있어도 빛을 낸다

어려운 상황이라면 괜찮게 만들어주고

좋은 상황은 더 행복하게 만든다

그 힘은 크다

이것이 우리가 밝은 사람들을

꼭 곁에 두어야 하는 이유이다

꼭 곁에
두어야 하는 사람

1. 자기 일 열심히 하는 사람

2. 잘못을 인정할 줄 아는 사람

3. 힘들 때 연락해준 사람

한결같은 사람을 만나

맑은 날에도 흐린 날에도

같은 표정으로 같은 호칭으로 나를 부르고

큰 사랑으로 너의 하루를 가득 채워주는 사람

잊지 않기를

그런 날이 있다

오늘이 너무 힘들었는데

어디 하나 말할 곳이 없을 때,

나를 아무리 다독여도 불안감에

다 그만하고 싶을 정도로 답답할 때,

내 삶은 원래 이렇다고 생각하게 된다

이런 시간이 너무 길어져 버리면

당신이 얼마나 소중한 사람인지 흐려져

원래의 당신을 놓치게 되고 작아진다

하지만 잠시뿐이다

지금은 단지 서러운 시간을 지나는 것뿐,

계속되지는 않을 것이며

당신의 큰 가치 또한 잊지 말기를

하나뿐인 당신,

소중하게 대해주세요

자신있게 살기를 바라요

행복하게 살기를 바라요

너라는 사람

시간이 조금 걸렸어도

힘든 거 어려운 거

다 해내면서 살아간다

너는 강한 사람이다

만
나

걱정하느라

잠 못 자게 하는 사람 말고

너무 행복해서

잠 안 오게 하는 사람 만나

나를 불러주는

사람이 있다는 건

아주 행복한 일이야

그림
같은
사람

'그림 같다'라는 표현이 있어요

사진이나 마음속에 남기고 싶은 순간일 거예요

그런데 생각해보면 그 순간들은 너무나

자연스러운 모습들입니다

더 아름답게 보이려고,

더 극적으로 만들려고 이것저것 갖다놓으면

오히려 부자연스럽게 됩니다

이건 우리에게도 적용이 돼요

'내가 이 말을 하면 어떻게 보이겠지'

'이렇게 행동하면 어때 보이겠지' 같은

생각은 충분히 자연스러워서 예뻤던

당신의 진짜 모습을 해치게 됩니다

당신 그대로 있어도 돼요

언제나 그림 같은 사람이니까

네
주변에

오늘 내내

따뜻한 위로들이

주변에 머물길

달리기

우리 삶이 달리기보다 훨씬 할 만한 이유는

꼭 1등이 아니어도 되기 때문이다

천천히 완주만 해도

생각보다 훨씬 더 행복하게 살 수 있는 게 삶이다

누가 나를 미워할 때

내 문제가 뭔지 찾을 거 없고

나랑 맞는 사람을 찾으면 됩니다

고마움

네가 있어서

난 좋은 친구가 있는 사람이 됐고

네가 있어서

기댈 수 있는 사람이 있게 됐고

네가 있어서

많은 걸 나눌 수 있게 됐고

네가 있어줘서

내가 좋은 사람이 된 것 같아

고마워

내 곁의 내 사람들

있어 줘

늘 멋진 사람으로 있지 않아도 돼

그래도 늘 다정한 사람으로 있어줘

음식도 좋았고

커피도 좋았고

분위기도 좋았지만

오늘 가장 좋았던 건

네가 내게 집중해줬던 거야

정말

'행복해 보이는 건'

중요하지 않아

'정말로 행복을 느끼는 게'

중요한 거야

주눅 들지 마

다 별것 아니란다

세상에는 남에게 부탁할 수 없는 일들이 있어요

그중 하나가 나를 사랑하는 일입니다

남이 주는 사랑과 내가 나에게 주는 사랑은

다르거든요

어떤 일들은 가만히 있어도 해결되고

아니면 누가 해주기도 하지만

스스로를 사랑하는 일은 그렇지 않아요

내가 나에게 직접 해야 하는 일입니다

진심과 정성을 다해서요

내게 주어지는 것들을 예쁘게 보는 일,

생기는 일을 교훈으로 삼는 것

그리고 단단한 마음까지,

다 나를 사랑하면 얻게 되는 것들입니다

그래서 꼭 시작해야 하고요

확
신

새로운 걸 할지 말지

고민이 너무 많을 때는

하던 거 하세요

도전할 때가 되면

지금 느낌과는 다른

정말 강한 확신이 드니까

순간이 편한 선택과

마음이 편한 선택이 있습니다

처음에는 어렵겠지만

마음이 편한 선택을 늘려가야 합니다

좋은
밤

잠들기 전에

좋은 생각을 하면

뒤척이지도 않고

좋은 꿈꾸는 밤을 보낼 수 있습니다

잘 자요

내일은 아침부터

좋은 일이 있을 겁니다

나도 안 하는

내
격
정

힘
빼

네가 뭐

지구를 구할 것도 아니고

힘 빼고 적당히 살아도 돼

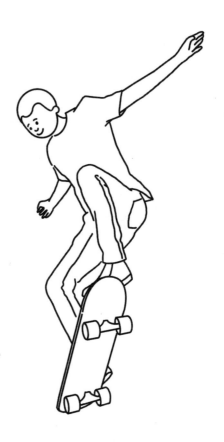

충분히

어떤 좋은 일이 생기면

충분히 행복해하며 불안해하지 말고

그것에만 집중하세요

벌써부터 미리 걱정하지 말고

내 행복을 의심하지 말자고요

다가온 크기보다

훨씬 더 느끼고 행복해하면

그 기분으로 또 일상을 살아갈 수 있게 되니까

힘든 날이 와도 이겨낼

마음가짐과 태도를 얻게 되니까

나쁜 생각은 조금도 하지 말고

또 좋은 날 올 거라고 생각하며

충분히 행복해해도 됩니다

그러라고 온 행복이니까요

해
보
기

뭐든지 시작해 봐라

분명히 남는 게 있다

걱정은 나중에 해라

안하면 더 좋고

남아있다

실망하지 말고

무너지지 마라

당신을 바꿀 날은

얼마든지 남아있다

내
거

내 것이 최고다

가족도 그렇고

친구도 그렇고

삶도 그렇다

힘
빼

'힘내'라고 말하기 어려울 때는

대신 '힘 빼'라고 말해주세요

그것도 큰 위로가 되니까요

**뭐
있
나**

인생 뭐 있나

먹고

여행하고

사랑하고

꿈 그리고 욕심

당신이 지금 바라고 있는 것이 꿈인지 욕심인지
혼동될 때가 있나요? 그것을 구분하는 방법 세
가지가 있습니다.

첫 번째는 그것을 이뤘을 때 그 목표를 이룬
것만으로 행복해지는가입니다. 내가 항상
생각하고 바라고 있는 그 일이 이뤄졌을 때 나의
삶이 행복해지고 다시 생각하고 바라만 봐도
좋다면 그것은 꿈입니다. 그러나 목표를 이뤄낸
뒤 주변의 부가적인 것이 더 중요하고 그걸 원하고
있다면 욕심인 것이죠. 예상과 다르게 부가적인

것들이 잘 따라오지 않을 수도 있고 생각과 다를 수도 있습니다. 때로는 더 큰 부담이 되기도 하고요. 그렇게 되면 나는 꿈이라고 생각해왔는데 막상 이뤄내고 생각과 다를 때 내가 목표했던 일이 하찮게 느껴지면서 싫어집니다. 이런 일이 생긴다면 그건 처음부터 욕심이었던 거죠. 꿈을 바라봤다고 생각했지만 사실 마음은 주변이나 남들의 시선을 의식하고 있던 것입니다.

두 번째는 내 능력 안에서 해결이 되는가입니다. 이건 아주 간단합니다. 예를 들어 "나는 로또 1등 할 거야"라고 누가 말한다면 모두가 그건 그

사람의 열정과 노력이 들어간 '꿈'이라고 생각하지
않습니다. 아주 작은 확률로 생길 수 있는, 엄청난
운이 따라줘야 하는 욕심일 뿐입니다.
꿈은 이렇습니다. 내가 오늘 하루에 준비해야 할
양을 충분히 준비하고 그 날들이 쌓이고, 내 실력도
올라가고 그 분야에 지식이 보통사람들보다
훨씬 많아지는 과정이 있습니다. 그 과정을
겪으면 미래의 내 모습이 그려집니다. 내가 할
수 있을까 포기해야 할까 라는 생각도 들면서
고민도 깊어집니다. 객관적으로 내 위치와 투자
가치를 생각하고 계속해야겠다는 생각이 들어서

하루하루를 단단히 채워가는 것, 그것이 꿈에

다가가는 것입니다.

마지막은 좋지 못한 결과에도 다시 한번 힘을 내볼

수 있는가입니다. 꿈에는 앞에 말했듯이 나의

모든 것이 들어가 있습니다. 꿈은 '안 되면 말지'가

아닙니다. 준비하는 기간에는 안 되면 어떡할까

생각할 필요는 없습니다. 그 생각은 잘 가고 있는

나를 흔들리게 만듭니다. 그러나 결과가 좋지

않을 때는 많이 생각해봐야 합니다. 물론 지금

하고 있는 것을 벗어나 다른 여러 가지 대안을

생각해보는 것이 틀린 방법은 아니지만 꿈은 그

생각의 시작점이 '안 되니까 다른 거 해야지'가
아닙니다. 지나온 과정과 앞을 생각하면 지금은
지치고 불안해도 다시 힘을 내볼 수 있게 만드는 게
꿈입니다. 꿈은 힘이 있습니다. 그동안 어려운 길도
다 이겨내고 여기까지 올 수 있게 만든 것도 꿈의
힘이니까요.

꿈을 욕심이라고 생각하거나, 욕심을 꿈이라고
생각하지 않았으면 좋겠습니다. 욕심은 충분히
잘하고 있는 당신에게 더 많은 것을 요구합니다.
꿈과 욕심을 구별하는 세 가지 방법을 통해
욕심은 걷어내고 꿈에는 가까워지는 당신이 되길
바랍니다.

멘탈
관리

말을 막하는 사람 때문에 힘들다면
'내 멘탈을 흔들다니 제법인데'라고
생각하면 마음이 훨씬 편합니다

내일을 걱정한다는 건

당신이 책임감 있는 사람이라 그렇습니다

너무 걱정 말고 주무세요

큰 문제없이 잘 될 겁니다

챙겨

넌 너만 챙겨

괜찮아질 때까지

지금은 그게 필요해

던져 버려

누가 상처 되는 말을 하면

그냥 그렇구나 하고 넘겨

그 예쁘지도 않은 말을

가슴 속에 고이 담아와서

다시 생각해보고 다시 꺼내보고

머릿속에 남을 만큼 되뇌지 말고

듣는 순간 멀리 던져 버려

그렇지 않아

왜 나만 이럴까 생각하지 말길

작아지고 지쳐버려서 나를 잃지 말길

빛났던 삶의 순간만 모은다면

당신도 충분히 잘한 게 많고

그 누가 봐도 부러운 삶에 있다

누구나 어두운 면은 있고

그 경험을 딛고 더 나은 미래를 계획하는 거니까

남들의 좋은 부분만 모아놓은 것에

흔들리지 말고 더 내 것을 살았으면

별 거 있나요

밥 잘 먹고

잠 잘 자면

잘 살고 있는 거죠

널
믿
어

짧은 주말이 지나가고

또 일상이 시작된다

답답하고 어려운 게 많고

해야 할 일이 기다리고 있지만

해낼 자신이 있다

나는 지금까지 잘 해온 게

더 많은 사람이니까

걱
정
시
기

'안 되면 어떡하지?'라는 생각은

잘 안 됐을 때 해도 늦지 않습니다

끊임없이 떠오르는 저 생각은

미리 준비를 하는 '대비'랑은 다릅니다

시기조차 맞지 않는 불안일 뿐이에요

잘 가고 있는 나를

괴롭혀서 멈추게 하지 말자고요

내가 나를 흔들지 않으면 결국 잘됩니다

1. 말 안하면 모른다

2. 포기하면 편하다

3. 우울하더라도 밥은 먹자

그
말
씀

학창 시절에 매년 연말마다 아버지는 말씀하셨다
'내년에는 경제도 우리집도 더 나아질 거야' 라고
그런데 달라지는 건 없었다 기다려도 크게 변하지
않았다

실망할 법도 했지만 나는 좋아질 거라는 그 말이
좋았다
아버지의 말씀을 들을 때마다 정말 좋아질 것 같은
믿음과
희망을 품을 수 있었으니까

앞으로 가면 갈수록 지금보다 더 나아질 거라는

말은 힘을 가지고 있다

이건 희망고문이나 허황된 꿈을 심어주는 게

아니다

다가올 일을 긍정적으로 대하고 볼 수 있는

태도이며 올바른 마음가짐이다

긍정을 품고 스스로를 믿는다면

당신의 삶도 분명히 더 나아질 것이다

정말로 좋아질 것이다 웃음이 가득하게 될 것이다

나의 오늘

투덜대면서도

다 버려냈다

단단해지고 있다

행복해지고 있다

위로

많이 힘들었죠?

아팠던 만큼 행복할 거니까

너무 걱정하지 말아요

배려심 많은 사람 놓치지 마

배려는 받아본 사람이 할 수 있는 거라

없던 사람에게 갑자기 생기는 능력이 아니야

엄마의 젊음이 나를 만들었고

그렇기에 무엇보다 아름답다

내가

어디가

어때서

살면서 생긴 목표

1. 내 기분을 존중하기

2. 맺고 끊기 확실히 하기

3. 적당하게 살고 행복하기

있었으면

오늘 하루의 힘듦을 털어놓을 때

잘했고 못했고를 집어내기보다

"오늘 고생했네"라고 말해주는 사람

너무 작은 것에 의미 두지 말자

자연스러운 거야 누구 잘못도 아니고

시간이 가면서 알게 모르게 바뀌는 것뿐이야

그냥 그렇구나 여겨도 돼 잃는 게 있었다면

얻는 게 있고 배우는 게 있을 거니까

편한 마음으로 살아가도 좋은 게 많아

당신이
있어
야

제일 중요한 건 '나'입니다

일이고 돈이고 꿈이고 다

내가 없으면 없는 것들입니다

매일이 지나치게 힘들다면

한 번 생각하는 시간이 필요해요

적당히 버려낸 하루라는 건

내가 무너지지 않은 선에서

보낸 하루를 뜻하거든요

내가 무너져 버릴 것 같은

날들을 보내고 있다면

그 일상을 멈춰야 합니다

그 어떠한 것도

당신 삶에 구성 요소 이상은 아니에요

정말로 가장 중요한 건 '나'예요

당신이 없다면 세상도 없습니다

힐링

복잡하게 살아가는 우리에게

조용한 시간은 필요합니다

일이나 걱정을 떠올리는 거 말고

내 안에 흩어져 있는 생각들을

정리하는 시간이 있어야 해요

정리가 되고 편안해진 상태가

바로 '힐링'이거든요

우울하고 자존감이 바닥일 때는

뒤돌아보기가 필요합니다

미래를 준비하고 앞으로 나아가는 것 말고,

나를 발전시키고

성장하려는 노력은 멈추고 뒤를 돌아보세요

어떤 것이 나의 나쁜 기억이었고,

어떤 일 때문에 마음이 다쳤고,

어떤 사람 때문에 내가 이렇게 아파하는지

알아보는 시간이 있어야 해요

그걸 알아야 반복하는 실수를 줄일 수 있고

지금 뭘 채워야 하는지,

어떤 방법으로 괜찮아질 수 있는지

조금은 알게 됩니다

몸과 마음이 지쳐 있을 때

앞으로 나가려는 욕심은 나를 다치게 합니다

잠시 멈춰서 뒤를 봐도 돼요

뒤를 보는 건 많은 날을 살아가야 할 나를

괜찮게 만드는 방법이니까요

과정

남과 비교 다 필요 없고

온전히 나를 바라봐주세요

그리고 부족한 게 있다면

채워가고 준비하면 됩니다

남들 눈 때문에, 남의 기준 때문에

나를 괴롭히고 또 애쓰는 건

좋은 과정이 아닙니다

안 좋은 일이 생겨도

흘려보내는 습관,

그리고 나 스스로를

괴롭히지 않는 삶

늦은 밤까지 내 할 일을 다했다

집에 가는 길에 별을 보는 날이 많아졌다

아무도 없는 조용한 지금을 딛고

나는 반짝이는 사람이 되고 있다

고마운 일

매일매일 할 일을 다 했고

그동안 애쓰느라 고생했다

시간은 그냥 가는 게 아니야

버려줘서 고마워

내일은 아침부터 기분이 좋고

사소한 좋은 일이 많이 생기며

행복으로 가득한 하루를 보내길

물
처
럼

삶은 계속 흘러가

어느 곳으로 흐를지는

네가 선택할 수 있고

저의 응원

잘될 거라는 나의 말이

당신을 잘되게 할 수 있길

내일은 행복할 거라는 글이

당신을 행복으로 데려다주길

이제 남 걱정도

내 걱정도 하지 말자

그런 거 안 해도 돼

편한 마음으로 살아가도

결국 넌 잘되게 돼 있어

잘될 거라는 나의 말이

당신을 잘되게 할 수 있길

내일은 행복할 거라는 글이

당신을 행복으로 데려다주길

내 걱정은 내가 할게